雨落长廊外

余昌凤 著

天津出版传媒集团

百花文艺出版社

图书在版编目（CIP）数据

雨落长廊外 / 余昌凤著. -- 天津 ： 百花文艺出版社， 2025. 4. -- ISBN 978-7-5306-9115-1

Ⅰ. Ⅰ227

中国国家版本馆 CIP 数据核字第 2025A6E331 号

雨落长廊外
YU LUO CHANG LANG WAI

余昌凤　著

出 版 人：薛印胜
责任编辑：张　雪
装帧设计：吴梦涵
出版发行：百花文艺出版社
地址：天津市和平区西康路 35 号　　邮编：300051
电话传真：+86-22-23332651（发行部）
　　　　　+86-22-23332656（总编室）
　　　　　+86-22-23332478（邮购部）
网址：http://www.baihuawenyi.com
印刷：三河市华东印刷有限公司
开本：880 毫米×1230 毫米　1/32
字数：170 千字
印张：7.5
版次：2025 年 4 月第 1 版
印次：2025 年 4 月第 1 次印刷
定价：58.00 元

如有印装质量问题，请与三河市华东印刷有限公司联系调换
地址：三河市燕郊冶金路口南马起乏村西
电话：19931677990　邮编：065201

序

除了雨，长廊外是什么？

黎　落

阅读文字是件多么幸运的事，尤其是，当你穿越无人的山谷，穿越被翻过的土地，穿越收割后的田野，除了满身绿意和雨意，最好闻的还是自然发散的诗意。一只不可能出现的白鹭穿过雨的阵脚，在榕树或橡树的树冠收敛它的翅膀，像你每次写好一首诗后自然下垂的手臂。你把它们揣进裤兜，继续走在有着落叶和小黄菊的小路上，再次听见光线像雨，啪啪作响，落向池塘、屋顶，落向万物之外……

世界并非统一分派色彩，有人分得多一些，有人分得很少。但你内心从未停止向色彩张望，你从山川、河谷、麦地中摄取它们在艺术中的投影，像个工匠。在接受和不接受、理解或不理解你的人之间，你选择听从自己的心——这微小的跳动啊，一直在你的胸腔和指尖。

雨落长廊外

你也摩挲过陨石和雨水的影子。或许，你出世和入世的方式就是这样简单：用一支笔一直写啊写啊，直到找出两种意境中的微小差异。事实上，你之所想同我之所想都有着命运的联盟，比方你这部诗集的名字《雨落长廊外》，而我也有部诗集叫《长廊》。

长廊是危险与芬芳并存的处所，而雨总是下个不停。告诉我，不通过漫长曲折的通道，一个人如何遇见自己？如何在生活之外活成理想的样子？至少，你一直都在尝试，并努力做到更好，就像你的笔名：花瓣雨。

"花瓣"是什么？万红千紫，百般芳菲。当它们顺着季候的安排飘落，一场盛世外的雨落至生活，你在经验的通感和现实教育内所写的诗作，就被沾染上一股说不清道不明的香味。可以说，你更像一个观察者，从长廊尽处的窗口往外看：那边，可是一个新奇的、陌生化的世界？蔷薇花持续缠绕你，你感觉困惑的是，如何把眼前的自然分享给更多同你一样可亲的人。

是了，这源于你对诗歌的忠诚与信任，也源于"雨"（这里，我把它看作一种生命最初始的形态，不排除发生力的裂变和生长）对生命在细碎生活中的反噬。我把认识的你归入"可亲"的行列，把你的诗歌归入竭力向自然靠拢，并索要诗心的行列。

我假设你窗外屋檐下常年挂着一盏灯，闪亮的雨线不断下落，很快进入诗的内部。而写作还将持续，这几乎成为你日常的生活，和洗衣煮饭同样寻常。谁说诗人高蹈，脱离柴米油盐？恰恰相反，你诗意的阐释是明亮的，像棵自在的树。它由词语、修辞构成，以集结的形式通过编纂、汇集、复制、付梓，投诸纸张，万物在笔下犹如新生，获得独属于你的情绪输出体验，而我的假设终于也落到可触可感的诗集上。你在诗里梳理乡情亲情，通过一根被时光磨亮的木质线轴绕来绕去，如《一些影子，轻轻拂过湖面》；一些亲人在心头走来走去，就像你说的《比起爱你，你更爱我们》——正是这来自日常的"活着""爱着""思考""解救""内查"，创造了你诗歌中的锋刃，更多则是天赐般的顿悟，是一种《把伤疤当酒窝》的豁然开朗，并经过反复回顾。

其实，诗歌在这里已经不那么重要了，因为生活的分行成为你的艺术，成为去除烟熏火燎后，得到的一种大宁静或小圆满。而你笔下的墙体、蔬菜、花朵、月光被你裁剪成衣裳，穿在身上。你又用春草、藻土、纽扣、柿子树、芦花盖一所房子，里面都是你爱的和爱你的。于是你的诗歌呈现出的气象是那种贴紧胸口的、细致的。当你用轻松的口吻将万物置于麾下、案头，我能从中读到"一种幸运的信号，笃定的觉醒般的心态"。

"这条路，长而冰凉。但她们／望向前方／脚步，始终没有停歇"——与其说这是你在《望》中表达的观点，勿宁说更近似你对生命、生活、诗歌的态度和坚守。这些年，你一直在入世的写作和天真的阅读之间来回泅渡。故而，你更倾向那种脚踏实地的写作方法，一步一步，从 2015 年走到了现在。"诗是对自身情感的一种寄托，必须有真情实感"——这话说得多好啊。当寄托之物由一草一木、一砖一瓦、一盏灯火、一座庭院归入带着泥巴味道的、暖乎乎的词语，落到有温度的诗行里，你也渐从一个寻常女子蜕变成一位诗人。

"大自然只有进入我们的日常生活，彩绘从内部分离，呈现出相互对峙的属性——它不再是一体的，它有了不同的形态，那些梁柱、床柜、屏风、桌椅等木作或粗糙或精美，彩绘与烈火在对峙中怀抱各自疯狂的理想。"胡弦的话和你的诗观何其一致，都是消除掉"隔"的部分，直到从中找出能接替你说出爱或恨、悲伤或欣慰的那些。只有真情实感的传递才是最有效的写作，只有把自己羁押在《桃红，柳绿》的物象之间，才能收听来自另一个自己的体己话。"春色一发不可收拾／几朵桃花／飘过柳枝，融化在阳光里"，"融化"这个词用得精确，诗人和所吟诵之物正需要一种融化或消解，彼此抵达后再重新出发。这时候，你就是万物，万物就是你，但又各自成就新的一面。

仿佛理想。你对事物的理解无疑是多彩的，这映照在你诗歌的基调上，就是清醒的、温暖的，同时也是激荡的、有力的。譬如你在《假如我是一条鱼》中说："我狠狠地，击掉抱石／再用尽荒蛮之力，想把他／托出江面。"你传达了对屈子深沉的爱和敬仰，但把它看成你对诗歌写作的韧劲，应该也是可以的吧。人与人、物与物、物与人都是相通的。当你用最诚恳的笔触，朴素地呈现自己对事物的看法，阳光就住进了你心里。

和你温暖的个性一样，你这部温暖的诗集，是全方位的、立体的。它得益于你对现实，对花草虫鱼，对山川河谷，对亲人故友的理解和体察。它有花瓣的轻，雨水的透，更有时间的醇厚。当你"与一把雕刀达成共识 / 沉迷于镂空，刻画，一步步 / 巧妙勾勒"。文字被施魔法，你听见"鸟鸣交响 / 看见 / 叶子泛着光"（《静立在阳光之下》）。

　　我注意到诗集中有一首《花瓣雨》：

　　　　是雨。托付于风
　　　　不拘于形式，散落
　　　　是一种风格，也是自我的救赎

　　　　暗香袭来，骨子的柔软
　　　　以沉默庇护着，下一个轮回
　　　　比起枝头的绽放，更是灼灼新生

　　　　静寂，随影。每片花瓣
　　　　都是一把钥匙，来年
　　　　打开一场花事之门

　　十年。你诗意地行走并不脱离自身向内的叩问。一切都是静止的，一切又都是动荡的，像一条流动的河。

所以，我对你的理解更多是作为同性而不是诗歌。菜地、灶台、庭院、诗社……梦之所托，这看起来风马牛不相及的元素集结于此，共同黏合成一个活生生的你。所以，即便没有更完美的写作，但在你现实的、心之所向之外，还是能听见万物发出扑簌簌的声音，犹如花开、雨落。而你，在更接近心灵的时间与空间之中，带着取之不竭的耐心，一点点搬运诗歌的麦种。

2024 年 11 月 19 日

第四辑　把伤疤当酒窝

第一辑　原是寻常最动人

一荤一素

扶起日子就是墙。质感的搭配
外加，填充坚实物
每一块砖
不再处于寂寥的边缘

拍碟黄瓜，就着一盘东坡肉
清脆遇上筋道，小欢喜一览无余
瞬间，拨响
烟火的弦

这绵绵清音，席卷着
墙外的阳光。它们融为一体
盛满
她的酒窝

今夜有归人

屋内，瓦罐里的香气，溢出窗外
诱惑着夜色

女子拧着辫子，倚在门上
细数着
渐近的脚步声

月光越发羞涩
在角落，一丛缠缠绕绕的喇叭花
正悄悄地
打开花苞

光阴

褶皱处
剪裁的痕迹，若隐若现
一针一线都是谜

盘扣细密如初
缠绕的蜻蜓，细语呢喃中飞走
结虽在褪色，江南风骨依旧

月色轻叩小轩窗
穿旗袍的女子，正温书添香
一只猫趴在她身旁，酣睡如泥

我有一所房子

我蜷缩着身体，窝在房内
偷听着外界的声音

母亲出工的各种劳作声、咕噜的喝水声
一日三餐，艰难吞咽蚕豆声
还有给姐姐
念父亲来信的欢喜声

这些声音，隐忍而柔软
渗入了我的成长
我憧憬
和母亲见面的每个时刻

和她赐予我的温室
虽贫乏却
独一无二

拥有

房间搬空之时
眼睛便沉甸甸的

打火灶集体沉默
葱蒜、炝海椒的味道
消失在走道里，一去不复返

告别，多年的筒子楼
把旧日子的点滴和不舍打包
存于心的一隅

一纸合同。乔迁新居的
还有一本证书
上面注明：产权七十年

背影

视线很轻，巧克力一般丝滑
最近的位置
留给了蒲公英

空气中，满是绿色的味道
那些看不见的清音在飞
宛若C大调，冲击着等待

原野，无垠。青草无处躲藏
唯一的思，交还给大地

风剪下一片呢喃。眉眼深处
你的背影
掉进了我的目光

听风说

六月，一朵朵淡黄色的喇叭花开了
我想起一些事，阳光的影子
跌入水塘
激起一圈圈涟漪

而岸边的牛，正漫无目的地走过来
带着一身
溅起的泥

在更远的远处，一些风，吹过村头
老母亲
满脸微笑地，朝这边张望着

够了

枫叶冲进眼球。像红酒
喝一杯,秋天便醉了

乘兴,再画一幅干草垛
故乡,就藏在里面
它依然会像儿时,带你追光逐影
和夕阳捉迷藏

风筝从纸上升起。扶正老花镜
慢慢放线。放一寸
风筝升高一丈。不能再放了
它就要藏进云端

一根擀面杖

耿直是它的秉性
配合着揉搓。自我笃定
岁月的筋骨，越来越柔软
日子渐渐蓬松起来

母亲善于以柔克刚
擀面杖，也懂得韬光养晦
大多数时间，抽屉里蛰伏
把纯情给了面团
只留给自己，黑暗和孤独

需要的时候毫不迟疑
等待和忍耐同样是美德
每擀一次面，心弦就触动一次
一根筋的执拗。宛若，美食
派来的使者

月光辞

一束花，是夜空赠予的

窗下，写信的女子
已备好一只琉璃瓶，正修剪
扦插

风按捺不住，抽出一朵
飞到另一扇窗前
别在，正在做五仁月饼的
母亲的发间

月光如洗，照亮了回家的路

绿豆冰棍

晦暗的豆绿色，唤醒
走失多年的味蕾。咬一口
每一个细胞叫嚣着舒爽

曾经。母亲把冰棒层层包裹
放在保温杯

我的一颗心
也被细致绵密地放置于时光深处
多暴躁的阳光，都不能摧毁它

麻雀

小小的身躯，如音符跳跃
五线谱上，未完的曲
是它们
对天空的低语和向往

会秒变树叶。从电线飞到枯枝上
偏着头，回望老屋
再凝视远方

啁啾声中，一个归来的人
也扇动翅膀
昂首高亢，方言附体

故乡是一弯瘦弱的月亮

城市的丛林法则，深不可测
唯有夜深时，仰望星空
才能弥补一颗缺失的心

一枚月牙儿
钩住了大厦，那模样
就像拎着一棵树

有鸟啄着文字
我坐在树上，离故乡越来越近

纽扣

彼时，母亲于窗前
依傍大拇指和食指，穿梭于
扣眼间
就像穿梭，平凡的日子
每一枚都轻盈自如

经年以后，我亦执起针线
仿佛，这是心笃定的归处

"世事瞬息，仍环环相扣"
我知道
有一些人，从未走远

清汤丸子

工资微薄的年代，母亲巧手拿捏
丸子因而风生水起
支撑着困顿的时光

这些年，丸子的味道始终没变
而母亲早已站在冬季的山巅
满头银发

父亲走后，母亲定居北方
回娘家吃丸子成了奢望
地图的界定，远得
模糊了视线

故园很安静

故园很安静，绿植很多
父亲的影子很高大

父亲，像一棵大树，挺立
我坐在树荫下，和他说着话
有鸟儿在枝头飞来飞去

乌云来时，不用喊
偌大的叶子，会为我遮风挡雨
像父亲的手，撑起了一片晴空

父亲，我想在树旁种一株石斛兰
开黄色的花。陪您一起
守护着老屋

父亲在故乡，我在远方

月光似水，洒满异乡
我抬头仰望，却看不见家的方向

父亲，您是否也在看？这轮明月
是否照亮了故园？一滴滴泪
落在冰冷的窗沿

溅起的泪花，随风
飞向故园
化作滋润石斛兰的雨露

晶莹里，父亲言笑晏晏
眉眼一弯月，比那天上的月
还要亮堂

这么近那么远

整理一些句子
贴在心口。攥在手心
但它们太过轻灵
有的像蝴蝶，倏忽翻跹至窗台
停在几束黄玫瑰上
有的像月光，落满信笺

夜深人静时，它们
织成风铃，在记忆里旋转
风一吹，字就落下
填满思念

更多的时候，它们
在梦里行走，抵达老屋的清晨
那时，阳光照进故园

石斛兰的花瓣上，露珠闪烁着
晶莹透亮的光

父亲节

这一天，我找遍整个节日
都找不到父亲。望着湖水，一圈
一圈的涟漪，发着呆

时间是一张网，而我是一条
被困的鱼。多想
抓住一根水草，挣脱到思念的彼岸

我不清楚方向，只知道
我的忧伤，被渔网
缠绕

梅雨中的父亲节

隔空，我们的相见
温差是零摄氏度，一滴雨结成冰
击碎一颗梅，以至大雨滂沱

行走在江南，撑着思念
任油纸伞忧伤一回
在心的雨巷，守望着老屋

后园的石斛兰，雨中可好
您那祥和可亲的模样，六年来
一直占据我的梦，静谧地开

那花香，雨淋淋地渗入泥土
是无法言喻的殇

幻影

园子里
藏着的所有小草，都打开了薄薄的肩

追逐，回转
几只萤火虫在黑暗中，扑扇着
飞到她的掌心

——再也捂不住
细雨密集
浸湿了微颤的睫毛

喊一声故乡我热泪盈眶

城市还在酣睡
唯独星星辗转难眠
月朦胧，无法照亮故乡的夜晚

怀念入骨，灼痛着心
园子里的草在脑海里疯长
恍惚中，传来老屋门环叮当的响声

露台凉凉，望着大榆树的方向
潸然泪下，一个称呼
哽在喉咙，灼痛着心

写给父亲

园子里的油菜花，春风年年吹
开了一茬又一茬
矗立的碑塔，依旧安如磐石

每到清明，我都幻想着
把您从碑塔里喊出来
让您再叫一声：凤儿

冰冷的碑塔，没有回音
只有天上的云，和我一起流着泪
凉凉地滴在心上

这七年，您守着老屋
我们追忆着无声的父爱
陌生的炊烟里，故乡却越来越清晰

寂寂山石

在料峭中，有人从不曾改变
有人
走入了，一片山花烂漫

静夜已来，一面镜子
反哺着月光
而那些固守其中的身影，滋养着古老的传说
像极了

我的父亲
沉默而坚定地，伫立在模糊的远方

老屋

隔山隔水，隔着一堵墙
我在旧伤里，翘盼

一只风筝。每年三月
油菜花开时，就被你拽回来

只要翅膀扑腾一声，门就咯吱开了

你迎着我，收拢手中的线
我们之间，零距离
彼此，抚摸着疤痕

我不是月光

在诗里摘一片月光，贴在额头上
给自己疗伤

就像一双翅膀。一只是坚强
一只是飞翔

骄阳似火，灼烫了
篱笆墙上的影子。午夜梦回的人
看见
露珠一颗颗消散着，而石斛兰抱紧了月光

托词

偶然，偶遇
转角处，一只猫慵懒地趴着

阳光暖暖地照着
此刻，苏醒的不只是
目光，还有泪滴

抬头望向天空
四十五度角，有野草在胸腔疯长
恍惚中，父亲的声音从儿时的
屋檐传来
"回来啦"

你比星辰寂静

马头琴，未开弓。夜色
已骑马归来，蒙古包的耳朵
被风吹得，生疼

弦音流淌。思亲曲如泣如诉
召唤出，满天繁星
月光在目光里，放牧着星光

有两滴泪，坠入草丛
惊着了一只萤火虫，扑扇
扑扇

没有聊完的天

街灯昏黄，影子拉长
交织，重叠，又各自走开

那些未尽的言语，一半
卡在喉间
一半悬在风中

夜空依旧辽阔。星星们
仍在编织着传说。只见两颗星
一闪一闪，忙碌地
收集着
人间遗落的呓语

回乡

一行热泪，滴在牵牛花上
踉跄的影子，扶住篱笆墙

很多的章节，来不及抒写
就已爬满老屋的藤蔓
思念的诗句，一字一字地往上攀升着

炊烟在屋顶升起，母亲捧出
甜糯的米酒
我们醉倒在时光里，任由一匹马驮着
横冲直撞

经霜叶更红

变老的路上，它们极力探寻
在低迷的边缘
越发深沉

寒夜是一位调色师，遇到飞霜
便一发不可收拾。奇迹般
于黎明时分，燃起
一把火

也是顺应天意。整座山
原本红透后
又一次抵达季节的巅峰

沉吟于这段时光
想起去年的一枚书签。枫叶

盯着山路，盼着

她的到来

秋意浓

白露领我来到院子，听取寒蛩声和鸟鸣
风掠过屋檐
那是父亲捎来的音信

柿子树乐不可支
最小的那个柿子没苟住
啪的一声，跌下来

母亲心疼地捡起，唠叨着
可不，少了一盏灯
多了一盅酒

生动

秋风捎来归期。眼眸
溢出的喜悦
怎么藏，也藏不住

光影也在悸动，看
两朵彩虹云，一起轻轻揽住
湛蓝的晴空

故事研磨着时光，越说越远

近处，一堆柴火
在母女的笑容里明亮起来

回音

不要爬树摘柿子，用我教你的办法
咱家的簸箕够晒枣子不？
苹果也熟透了吧！就像
闺女的小脸蛋，替我多亲亲

一封信，足够红透深秋的枝头

她钩住母亲的脖子，娇嗔地
解锁了远方的驰念

稚嫩的腔调，在小欢喜里
生出了翅膀
扑腾，扑腾地飞向远方

芦花飞

芦花之美
诗曰，是上古遗韵吟咏来的
秋语，是西风吹来的

而我说，是母亲宠溺来的

夕阳下，顽皮的我
追着一枝又一枝芦花疯跑
芦苇丛荆棘遍布，母亲的脚步
从未离开过我

笑声撞得芦花满天飞。母亲收集着
写进信里，告诉父亲
只是她，从不提及
农事的艰辛

呈现

石板桥，怀揣使命。在流水之上
挺立着身姿，迎合
一大一小的步履

脚底生风，是常态
更是陪伴的偏爱。身影明亮
仿佛两朵花
点醒山洼的柔软

深秋，不说守望
也不说归来
只见一木桶，在烟火里
去向已定

望

石板桥上
母亲一只手拎着木桶
另一只手
牵着她

这条路，长而冰凉，但她们
望向前方
脚步，始终没有停歇

月色柔软
地面的两个影子慢慢靠近
融为一体

饱满

一枚果，冲破色彩的幻境
立起整个画面

说及丰盈，目光与目光之间的爱意
伸出手，就能
稳稳接住

童稚和母语，短句和长句
相视一笑，用柔软
填满了
漏风的山洼洼

秋风有信

短句，溜下南瓜马车
窜进女儿的目光，她公主般
咧开嘴笑了

长句，巡视一番麦秆和苇席
按捺住母亲发酵的情绪
点亮了
木柱上的小灯笼

三颗心一起怦动。长凳
习惯了承受，它摆开姿势
指向远方

行板

迎合着潺潺溪水声，脚步
就有了节律

节奏，在石板桥上
捕捉到了
一只小木桶
平稳如歌

有人携音符而来
惊醒了
整个秋天

南山

一座山，隐匿在一首诗里

上下山，只如一缕清风
抑或
沿途拾起鸟鸣，一粒一粒地
挂在枝头

他着汉服，气宇轩昂而来
身后
菊花爆满小径

而我在修辞里，还在
寻找一位故人

柿子

一位老人，站在门口
一扇窗户后
亮起了
橘黄色的灯火

秋风吹动，柿叶
飘落
而留下的，肆意的红，又重新
勾勒出
天空炫丽，远方的游子
正回过头来

庭院

一砖一瓦覆满了风霜
古朴如光，擦亮了疲惫的眼神

从屋檐至藤蔓，视线要丝滑
再从石磨溜到水井
脚步得放轻，不要惊碎一面铜镜

只看一眼，便有半个月光爬上来
越过假山，蹭上槐树树梢

还有半个。在那天夜晚
西塘刘家大院
荡秋千的我，正试图撑着光
登上去

十字路口

踯躅，彷徨。意识
揣在口袋里，犹如一颗磁力球
等待光速的碰撞

一把伞，在对的时间
撑起一片天空。东南西北
细说着
一场雨的故事

际遇中，两只蜗牛
背着重重的壳
柔软地向前爬去

小木箱

一把锈锁，极力掩饰着那段往事
钥匙躲在角落里，黯然神伤

月光也在反复揣摩，是一张照片
还是一本日记？天花板上
掉下许多的疑惑

她伸出手
又轻轻地放下。目光里
口琴的旋律，星星一样闪闪发光

西风吹过那座山

枫叶哗哗作响
一场盛大的音乐会
拉开序幕

山石是主角，行吟着
一阕词
时而豪迈，时而低婉
偶尔还夹些许乡音

一丛野果，昂着头
集体唱起山歌，天空垂下来
脸蛋红透了

在暮色里赶路

天暗下来，云在游移
马路上行色匆匆
顾不上，脚下沾满影子的叶子

这些叶子，徘徊在暗黄色的边缘
被他们赶来赶去
已经忘却了来时的路

秋风，可劲地吹
这座城市
即将被叶子擦亮的内芯点燃

第二辑 一些影子，轻轻拂过湖面

春雨的颜色，得让风告诉你

风很调皮，它拉着春雨
在草地上跳跃
雨瞬间绿了

飞上枝头，给桃花洗个澡
风偷偷吹落一片花瓣
雨的脸倏然红了

累了，就在江南屋檐歇歇脚
素如云烟，俨然是
春卷里的一幅水墨画

一个小孩闯进雨里
风，就把雨点儿缀满她裙摆
霎时，笑声与雨塞满了整个春天

梅表姐

你笑看春风，用暗香点缀衣襟
着旗袍的女子，开衩处
摇曳着风声

二月回暖
阳光一点一点洇开。青石板
长长的
延伸着姹紫嫣红的想象

朵朵溢彩。在你盛开的诗句里
我看见了
自己的晦涩和渺小
倚着你的身姿，我的眉心
舒展如花

明前茶

沏一壶茶，小坐。听雨
也听一听，朦胧的心事

山前的嫩芽，曾接受过
阳光的洗礼。如今落入山歌
的悸动

她俯下身，静观杯中的一叶一芽
脑海里，砍柴郎的影子
随茶气，浮了起来

而春风轻轻吹动
两只蝴蝶，互相追赶着
飞出了雨帘

尘外

枯叶追逐蝴蝶，坠入
深秋的大梦中。回想白雪花
与红梅争冷香的往昔
而春风
已然成为隔世

去寻桃源，顺溪涧而行
那人打开书签
风替他翻页，将消失的形容词
挂上栾树果子间
抬头那一瞬，他看见了
桃花红

绿意

像一束光，唤醒最深的绿意
正如生命的本真

让枝头摇曳的许多明亮与
脸庞的笑容
一起回应天空，努力向上

和空气拥抱
为自己致辞
不回头，直到绿意一簇簇长出
小鸟飞过来

四月

四月，嫩绿的小草

长满旷野

向天涯而去

而蒲公英悄悄地

撑开了，她的小伞

风来了

那些细小的飘絮在飞

很轻，很轻

就像

你的背影

被月色抚摸的梨花树

那些小女生，率真地
跑进月色中

风来时，她们会窃窃私语
压低着身姿笑作一团
那水灵灵的白，点亮了夜色

别去打扰她们。让一场相遇
漫过人间烟火，更加
玉洁冰清

给雨

小巷，撑开一把伞。帘外的水滴
叩问，一首诗的下落

时间极力掩饰着
一对身影：长衫马褂，湖蓝对襟上衣
在天光里湿漉漉地淌下

无人注意的墙角，一株紫丁香
独自开放着
她垂下眼眸，慢慢走近了

对联

她习惯先贴下联，而后把感觉交给上联
靠着门框，看一些字
迎新，纳福，抑或满院生辉

春意，早已登堂入室
风拂柳，喜盈门，是又一年的怡悦
面若桃花的她，如往昔，醉于墨香

把等待藏起。红纸黑字
映入眼帘，泛着光
她打开嗓子，大声念起横批

横穿春天

她用一个篮子，席卷枝头
这片刻，乃至大半生
她怀疑，自己是一阵风

清洗，晾干，蒸熟，发酵。看得见的
看不见的
在半醉半醒中
桃花，已找不到来时的路

她抿着唇，不知所云。两朵红
越过皱纹，不管不顾地
向芳华
追去

记忆里的逻辑

风在口袋里，掏出一大把春光
洒向天空

心动的不止桃花、梨花，还有布谷鸟
顺着寻常路径，它们
从去年的枝头飞回

那些蓬勃，激扬在定律里
思维攀爬着记忆
她，拿起笔
一笔一笔地，线描
春天

桃红，柳绿

风
刮过，烟雨朦胧的
南岸

某些时候，我听见了
一些细碎的
体己话

她和他咏起《田园》
而春色一发不可收拾
几朵桃花
飘过柳枝，融化在阳光里

迎春

我只想
蹚过这条河流

云递过来玉兰花盏
我抖落二月雪。咯吱咯吱，踩在浅草上

风拽拉我的衣角
向前方

树上的灯亮了。金黄的，像极了
对岸的你

初春的柳

二月的风，吹来

发辫，珍珠，灯笼，那枝头
翠盈盈地晃眼

嫩嫩的芽，蛰伏
一冬的心事，一个挨一个
争相向春天告白

她，心头也泛起了涟漪。折一枝柳
轻弹碧水，等
一声鸟鸣落下来

画春

风微，雨细。刚刚苏醒的城
和一片片叶子的目光
都被氤氲的雨滴吸住

青绿得锐不可当
直抵郊外，一枝枝红杏
急急地爬进宣纸里躲藏

水彩，晕染着梨花
桃花也在布阵。百鸟啾啾
执笔的人，眉眼含笑
涸出心间，一大片留白

初春的门缝

嫩绿芽，挣脱束缚
伸展着春天
破土而出

它们探头探脑，顽童般
窥视着，这个陌生的世界
神奇而又明媚

一道光，照过来
在它们的眼里，仿佛春天
一下子，就找到了
遗失的故乡，和天空

立春

擦亮眸子。去湖边
找寻最充盈的嫩绿。雨点儿轻轻地，弄皱一匹绸

涟漪里，枝条颤动
如鸟鸣。雨初霁
一群小鸭子游过

有风，划破林间的静谧
隐匿在眼角的一尾鱼
蓦地跃出黄昏之前的心湖
仿佛在奋力跳，春天的龙门

给春天写一封信

赴兰亭之约。曲水流觞处
只差一杯酒，一阕诗，便可以

捧起故人的杯，却醉了
一枝兰
它，多么不情愿
从永和九年中，醒来

"和畅惠风"，已是相见恨晚
行至临池十八缸，习一"春"字
以寄之

拯救桃花

绝不是途经，是追随四月的风
有备而来。怕一不小心，花落
如雨，淋湿双眸

满满地采一篮，在旧时的诗里
酝酿成酒，桃花的故事，半醒半醉
笑盈于唇齿间

一品，再品，三回味。舌尖
一树桃花，悄然绽放
有两朵红，飞上
她的脸颊

端阳采撷

我试图找寻一些颜色

比如，艾草的绿、粽叶的绿
劈天盖地的绿
一家又一家的门楣
一家又一家地齐聚

再比如，五彩丝绳缚胳膊上的小孩
扎着红头绳
擂鼓声中划桨的龙舟队
镏金的、明黄的、天蓝色的队服
划出清凌凌的水波

这葱绿，这红黄
燃爆了五月

假如我是一条鱼

我狠狠地，击掉抱石
再用尽蛮荒之力，想把他
托出江面

激流暗涌，污浊不清。无奈且无力
悲悯地看着他下沉，有两行清泪
从他的眼眶溢出

多年后，每到这一天
汨罗江祭祀，划龙舟，饮酒作诗
众人以特殊的方式
缅怀一位舍生取义的诗人

岸边，蓼花开成一片血色
而江水
慢慢流动着，远去了

花雨诗苑文友会

一些红，一些花朵，在七月盛开
雨落下之后
天空，亮了起来

我们在武汉，在合影里举杯
在花雨诗苑里盈盈入水
浪，拥抱着浪

千里之遥，寰宇之下
我们互为道路，互为镜子，互为光芒
一颗心拥着另一颗心，点燃火炬

打马走过纸上静寂，远方总有灯火问候
心田种荷，在夏日互照
人间美好

一条船，沿花雨诗苑的今天
采撷了
满船的诗意

夏日的夜晚

一座桥，耳朵会倾听

于枕边流淌的，会吱吱地
划过长长的梦

来来往往的人群，固守着
南北的眼睛。一闪一闪
点亮，漫天的星星

看着，听着
桨声，故事
许多人还未见
许多人
已告别

让阳光住进来

需要打开自己，才能置身
这片金色的花海

轻轻地拨动，指尖
瞬间沾满太阳的焦香味
捋一捋
装进口袋

我捂着这清香。风
哼着小调
我们
快速走在回家的路上

初夏蔷薇花开

雨滴从枝干滑落下来
滴在藤蔓的额头上，响声铿亮
惊醒了
酣睡的花蕾

它们睁开惺忪的眼
以一种盛大的姿态，漫墙而出
征服了大街小巷

郊外，养蜂人正跺脚
蜜蜂集体疯了似的
冲出蜂箱，向城内
飞来

旋覆花

那片金黄，肆意地开
风打一个响指，它们就心领神会
齐刷刷，点亮天空

更多的时候，它们肩负使命
就像远古的神医
治愈现代人的暗疾

六月，我遇到了旋覆花
遇到了
它的主场

有一朵花，是心上月

一伸手
就接住了一朵花
放在心上

指尖，沾些许清香
屏住呼吸，走入深深的月色
去告白

静夜，我的信长出翅膀
朝你飞去

月的独白

被笔勾勒。歇憩在青春的树梢上
听江水滔滔

浪花一朵朵,卷起过往
拍打着章节。十二年的光阴若隐若浮
闪烁其词

乘着风的方向,我带着年少的他
再次,扬帆起航

凌晨两点，看见月光

从窗台跳到窗幔，再跳到
她的睫毛上。月光，撩起裙摆
荡起秋千

趁眼眸迷糊，它潜入她的诗行
温柔地轻抚
溪流，幻化
一条银色丝带，穿梭于
虚拟与现实之间

夜越来越深。执笔的女子
仍在月光里，踟蹰前行

读后感

几处特定的词语，顺着树干
刺溜地爬上树。它们想更接近
通灵的月光，让自己再识透一些

零碎的部分，像星星
点缀在细枝末节，以光亮的口吻
回应片段，抵触夜的黑

一棵树，已枝繁叶茂。一段文字
在鸟鸣中，苏醒

荷花帖

绰约娉婷。着粉色裙装
是六月妥妥的公主，被唐诗宋词
宠爱一生

风，歌吟时，她会迎过来
曼舞。天黑了，就在淤泥里
捞出一片月光，披在
风的肩上

眉目婉转，如温良的女子
叩响我的池塘
水，荡开了水墨般的笑

夏日

夏和莲的交情，与生俱来
只需一首诗，便
满池摇曳

有一些不明物事，在韵脚里
扇动着翅膀，不管不顾地
从唐宋飞来

"嗡嗡"的声音，唤来
一场雨。掀开帘子，看见
一只蜻蜓，正在句子里
悄悄亲吻荷尖

夏是一把双刃剑

一波又一波，热浪
翻腾。大段的旁白，隐晦地
钻进泥土

天空是凸面镜。而城市
聚拢了一把火，匆匆赶往
郊外的小溪

那里，一棵竹子
踮起脚尖，正努力地
靠过来

行走火焰山

我留恋于
这些颜色，这些与众不同的希望
比如
一棵历经数百年的桑树，抱着
新抽的绿叶
以及
一个满头白发的人
捉住一缕即将逝去的秋风

而那些沿着丝绸之路北上的人
已敞开胸怀，遇见了
更深处的自己
在火焰山，瞬息之间，热血喷涌
而赤地千里

月亮被人动了手脚

笑纹，银光闪闪。它安静地
躺在洋澜湖的怀里
听，寂静之声

他，捡起一枚石子
掷出去。水花激起一个又一个
年少打水漂的身影

风起，柳树在飘摇。故乡
湮没在水波里，一条鱼
破镜跃起

又是一年栀子花开

酒窝。吉他。六月袒露着微笑
阔步走来
满满的胶原蛋白

倾心于律动，目光越发纯粹
把忧伤藏于树洞
细数树叶，草地上圈一个大大的圆

圆内，影子
背靠背。枝头，两朵栀子花
正耳语成双

一把小提琴

阳光，和煦。肩并着肩
坐在草地上，触摸风
有旋律，在心弦悠扬而过

解开沉闷的口罩，说一些
体己话。让时光的舞台
透着炫亮的光，打动彼此的双眸

风吹一下，想象就生动一次
宛若四根弦，共鸣是天意
即便折断，也一起沉默

左手托着，右手拉着
日子有音相伴
多幸运，我有个我们

夏至风雨

季候风不再追逐花信，凝望它远走
那些落红，有的深埋春泥，有的挟裹入流水

雨尾随着青梅，滴在江南的瓦楞
脚步，踯躅于青石巷

枝丫上。知了，唱着夏之曲
光影婆娑，树叶投下浓荫一片

掀开日历，撕下旧日子
任由月华如水，漫过笛音

蜻蜓

来看荷，也来看你
你宛若一个顽皮的少年
正在玩戏水的游戏

童年倚在荷叶上，摇啊摇
一些灵动的句子
尾随着你，飞来飞去

你神奇的慧眼，牵引着我的目光
那丢失已久的东西
飞回来了，稳稳地立于花尖

半个月亮爬上来

准备好青草

等着夜色骑马归来

有种很沉的静

坐在石磴上

虫鸣，树叶

撩拨着风的耳朵

墙外藤蔓疯长

洛宾小调咿呀呀顺着爬进来

一缕白光在弦上行走

很轻。半个抵达天际

半个浮在心上

盛宴

辽阔一些，抑或狂野一回
寒冬，任思绪驰骋

你的手势，你的身姿——快马加鞭
飞奔去草原
看雄鹰，在万里高空翱翔
看云朵
飘然而归

趁大雪还在路上
亲爱的，请把炉火放进我们的胸口
烹羊宰牛
且吟且歌："将进酒，杯莫停……"

我们坐在河边

月儿在河面上嬉戏
我们的目光
在沉浮。幻影中，一艘船
从故乡驶来

这样的起伏，掏空了冬日的念想
船舱满载而去

我们彼此抚摸
咸咸的脸颊。风，在召唤
身旁的青草
跳进了
三月

牵手

他，堆雪人
她，也堆雪人

他摘掉帽子，戴在
她的雪人头上
她取下红丝巾，围在
他的雪人脖子上

大雪纷纷
很快就将两个雪人紧紧地
拥抱着

大寒

急需一场雪，来化解刺骨的雨

唤醒天空
唤醒采撷回的一摞诗，以及
湿漉漉的过往
隔着一道窗，我在阴影处
徘徊着

那些春天的信息
正晾晒在阳光下
玻璃上，惊现
一幅画

芳菲，是一个好词

桃红、李白、杏粉……在青春的
舞台上，一场盛大的花事
拉开了帷幕

"每一位女子，每一只蝴蝶"
远在几十年后的冬日
在皑皑白雪中
我珍重地
将"芳菲"这个词
缀入红梅的枝头

立冬

在江南，在小阳春里
一把锁
挂在大门上，屋檐泛着幽凉的光

一个人，静等着
一盏灯笼
穿过漫长的黑夜
照入
深深的门廊

塞外飞雪

越过潇湘
一根心驰神往的套马杆，正扬鞭
向草原疾驰而来

她放牧着
苦心喂养的文字
想让修辞，在辽阔里
注入更多的空灵

马头琴在召唤。她飞身下马
带领那些分行，冲破形式的束缚
自由地律动

掀起一阵旋风
大片大片的羽毛，毛茸茸地
落了下来

流光浅影

月光，顽皮地从指缝溜走
落在蝴蝶兰上。风
微拂
对着窗台不动声色地记录

一幅画在流动，更多的精灵被嵌入
与斑斓无关，在物理学领域
扇动着翅膀

玄光，擦亮了她的眼睛
玻璃依旧清澈
期盼的雪正在城外，等候
腊月的马车

眉间雪

回望，沉吟。掐一节词
挂在屋檐，北风一吹，就
凛冽，透凉

唤一声：冰凌。多年的隐忍
挟持着剑光，斑驳了
老墙。那株梅花的手臂
探了过来

她触摸着，幽幽红了眼
一朵雪，别致地
落在她的眉心

雪之恋

我该怎样沐雪，才能和你一起白头

在枝头挂满句子，沾些许梅香
招来北风
唤出漫天纷飞的蝶

抑或，登顶远眺
看柳絮清扬。一座城
一朵花，占据彼此心甲的位置

再不济，温一壶老酒
倚窗而伴，醉看一地的白月光

这灵犀，这冰莹，如一把锁，扣住此生

意恐迟迟归

扎实地捻着
一根线在穿行。棉絮
尽可能加厚，针脚尽可能加密

北方寒冷。归期遥遥
还未成行，母亲的叮嘱已行千里
白发飘动
落进月亮的记忆

又一年春染新绿
倚门而立的老人眼里一直下着雪
她没看见
一只蜜蜂，正飞向院前的桃花

霜

凝华。我认真地揣摩
大地的一层纱，恍惚于
一些虚无的事物

顺着西北风，它们穿越黑暗
攀爬，行至最高处
把自己交给太阳

低处，田园里。农人对着白菜笑
一缕光，在额头，泛着亮

隐忍

落叶纷纷。陷入泥土
已示赤诚之心，它们乐于匍匐
如同紧贴着大地母亲的怀抱

黑暗中，慢慢缩变
找准一个点，融入寂静
身体逐渐柔软，向寒冷封存秘密

青绿之路，还很遥远
满世界都在冬眠。一群蝶
在北方，翩翩起舞

芦花

一些影子，轻轻拂过湖面
除了白，不会太多的语言

用身体里仅剩的水，温润着时光
等待着，一场风

似乎是唯一的宿命
在月下
在远方
你一袭素衣，满鬓霜华
无声无息

小雪

南方的这个时节
与雪无关。小阳春的俏模样
有菊引领时令走向高潮

母亲无心赏菊，她只关心
腌制雪里蕻，让接下来的寒冬
有滋有味，一家人胃暖一些

而我，铆足了劲
织围巾，希望大雪纷飞时
家人都能收到，一份特别的礼物

虚构一场雪

永远是一场等待。南方多雨
风也飘摇,与雪无缘
更多的时候,飘洒于笔下

先勾勒一树梅,再酝酿
漫天飞舞的雪。一些羽毛
毛茸茸的,落在宣纸上

呼吸,瞬间会变轻
怕,一不小心
风吹雪成花

第三辑

比起爱你，你更爱我们

小辣条

比起爱你，你更爱我们

小眯眯眼，似一弯月
一头勾住我们的心，另一头
搭起一座桥，带我们采摘星星

每天满满一篮，就连快乐
也亮晶晶。你每笑一声
我们都能接住一颗星星

攒起来，就是满天星
它照亮了我们整个天空

十月，爱要博大

外孙七个月，是我的心头肉
我爱外孙，胜过爱自己

祖国是我的母亲
我爱母亲，胜过一切

今年十月，是外孙的第一个国庆节
这一天，我会教他
用稚嫩的小手，高举一面小国旗

等他幸福地长大，我还要
教他一句话：没有国哪有家

我爱北京天安门

牡丹、月季、芙蓉、向日葵
一簇一簇的花
盛开在天安门广场

馨香四溢。一首歌
被三岁的外孙反复练唱

家中的每一个角落，闪烁着
星星点点的光

一只、二只、三只……
扑捉住，装进七彩瓶

十月的天空，瞬间
万紫千红起来

念

你的爸爸呢？是被偷走了吗？
两岁半的外孙，反复追问着

我告诉他，一个神偷的秘密
九年的时光

夜风轻轻吹动。天空
有两颗最亮的星星，像极了一双眼睛

月光下，大手牵着小手
一起和声唱着
"一闪一闪亮晶晶"

大寒

小辣条趴在窗台
一双小手，来回
划拉着。玻璃上，闪现一群羊

我用惊喜放牧
添一笔——
山坡，正漫天雪花

雪花带笑看
小辣条拎着小桶，挥舞着小铲子
耍得正欢

素颜

外孙皮肤白嫩嫩
像酥软的蛋清，能掐得出水
贴在我干巴巴的脸上

我们玩照镜子的游戏
他呆呆望着里面的他
魔性地笑了
我脸上的脂粉
底色的雀斑，暗香浮动
度着红尘

一滴露的世界

我和外孙称王。在水汽的国度
统领着一队队小小的水珠

有一双隐形的翅膀
或草，或叶，同呼吸小憩
更多时，恬静地笑，寄情花朵

偶尔也会飞到他的眸子里
一起咿呀，纯洁的童话

瓜说

季节轮回
那些懵懂，在甜蜜中长大了

夏天被叫醒。星星
眨着眼睛
带我一起
抒写，月亮下的童话

风细细读着
一个成语
在故事里，我霍然打开了一扇窗

雨儿为你轻轻洒

溅起的，不止泥水
还有你稚嫩的笑声。小脚丫
尽情地、肆意地踢踏

雨滴迎合着你的节奏
滴答，滴答。在你的小手心
开出了一朵又一朵花

串起来。挂在稚气的屋檐下
任风儿，叮咚，叮咚
童话

元宵节

每一道谜，都在酣睡
被红的蓝的紫的，包裹
摇曳着传统的光

揭谜的人可爱，唤醒了春天
手持如意的把柄。一盏盏灯
从古至今，照亮团圆的路

灯火可亲。黑芝麻满屋飘香
家不在大小，甜糯就好

争相斗妍

对着天空，绽放
笑，在音律中，一瓣一瓣完美呈现
红的黄的紫的

所有的色彩
争相
向春天吐露秘密

花开了，迎着你的目光
蝴蝶
从一个枝头
飞向另一个枝头

甘愿做你的俘虏

你端着一把机枪，从一个房间
冲到另一个房间

我藏起笑声
举起手
上缴了，我"外婆"的称谓，还有我的时间

阳光从窗户溜进来
照在我们身上

入冬札记

柿子树站在冬的入口，提一盏红灯笼
引领我穿过无尽长夜

在江南。我的小可爱
手持开启小阳春的密钥
柳枝轻垂乳燕呢喃

我吹着西北风
栀子以常青笑容陪伴我，从容地
行走于灰色的天空下

寒暑计

一只火烈鸟，飞过刻度的天空
又飞了回来

我走过去，他轻轻地
笑着
我们用心，维系着这人间的温度

这些年
玻璃越来越冷
寒冬越来越长，而我们又一次
压低了翅膀

小满，一起去麦田看麦子

"麦子，麦子快长大"
风吹过充实的麦地
我们，在朝阳下如水般轻轻
漾动着

一列火车飞驰而来，有人，劫持了整座
天空的麦香

"等到秋天，小小少年走向金色的麦浪，点燃山野"
风追着云
云追着我们
麦浪，一层层翻滚着

这一年

任童真，充盈着每一天
朝着太阳的方向，大手拉小手
向前奔跑，追逐

偶尔闲下来，听一株树
讲述年轮的故事。沉吟于时光
端坐文字前，用心语填满树洞

在岁末，添一袭青花
拾起初心，满带诚意
重启"一缕诗意，落笔成花"

静立在阳光之下

与一把雕刀达成共识
沉迷于镂空，刻画。一步步
巧妙勾勒

天空，森林。方寸之间
小鹿历险归来，溪流
湮没了脉络

魔法在召唤。
在一面艺术墙里，他听见鸟鸣交响
看见
叶子泛着光

开花的石头

一朵花，从石头的缝隙里
开出来，就像一个婴儿
被妈妈捧在掌心

从那时起，石头尽藏锋芒
花朵的根部，青苔细密而柔软
这多么像初为人母的女子
和她望向孩子的眼神

风吹来，它们尽显亲昵
快乐地哼起小调。再看石头
已笑成一朵花

当年明月

如一颗夜明珠，私藏在目光深处
没有华丽的锦盒，坦荡
安稳

命运不济时，它会跳出来
变成一只小兔子
邀请我，去看
一场赛事

森林里，乌龟率先冲破
银色的丝带。溪边，一滴小水珠
裹走月光

触摸

我们的拥抱，很轻、很暖
犹如，十月
犹如，小阳春

犹如，一朵云团似的棉花糖
沾染上
我的指头

天空，伸手可触
画一抹湛蓝
开始，涂鸦故乡的初冬

第四辑　把伤疤当酒窝

铜钱草

铜钱中的草本
草本中的铜钱
执拗于水的温润，也不拒绝
烈火炙烤。这偏安一隅的草民
即便在破瓦盆，也能
笃定地活

一枚铜钱和一枚叶片
在人间互为比喻，多好
单薄的身子举起不被遗忘的世界
用铜钱的形，去修自我的身
被目光
一寸一寸地收集。这份纯粹
足以，点亮人间烟火

她蹲下去，擦拭着
旧日子的尘。纤指上
长出
一片又一片新叶，青翠欲滴

把伤疤当酒窝

梦里，候鸟一次又一次
啄新泥。有些疼痛
挂在老宅的屋檐，早已风干

刀光在皱纹里滑动，削掉棱角
流水无言
将日子打磨圆润

这个城市，总有一扇高悬的窗台
白天，繁花盛开。静夜
诗音袅袅
每一粒文字都是治愈的药

月光，掠过她的睫毛
跳进酒窝。皎洁
一如当年

花瓣雨

是雨。托付于风
不拘于形式，散落
是一种风格，也是自我的救赎

暗香袭来，骨子的柔软
以沉默庇护着，下一个轮回
比起枝头的绽放，更是灼灼新生

静寂，随影。每片花瓣
都是一把钥匙，来年
打开一场花事之门

背影

她，自风中走来
身后
一朵丁香盛开了

她，拿着锄头，站在田埂上
土地层层叠叠
印在额头

那日，我和外婆彼此相望
在大路上
斑马线分明，绿灯亮的那一瞬
她往北
我朝南

流水在评弹里潺潺不绝

琵琶竖起来，便成了活物
十指玲珑，朱唇轻启
弦琶琮铮，三千流水顺着指尖
撩拨开来

涓涓细流，与耳脉切切厮磨
荡漾处，画舫漂移
小桥呀，流水呀，人家呀
撑油伞的女子在拱桥上

九曲回环，人间事
竟由丝弦诉说
吴侬软语，声声慢，声声酥骨

一汪清水，敞亮了双眸。放眼回望

园林，亭台楼阁，廊下
唱腔千回百转

大珠小珠落玉盘。吴音在召唤
心从记忆中醒来。光阴是一道折
姑苏弹词可再续
低眉，念江南

猫步

她安静地坐在角落，轻摇慢晃着
一杯鸡尾酒。似乎那些光环
与她无关

回国后，她毅然决然
跳出圈子。无视那些惊愕的目光
以蝴蝶的姿势，沉浸于
一张张稚嫩的笑脸

操场，T台。盈满月光
她用三年的支教，修补了
一件漏风的华袍

蝉鸣划过村庄

那些剪影——
槐树下
留守的老人和儿童
村庄的轮廓
寥寥无几的炊烟

远行之人
捂紧口袋，带上一声蝉鸣

沿途
蝉鸣一声
我的心便蛰痛一次

水墨至爱

来自江南，呈现谜一样
柔软的天地
像一幅画卷，直入眼帘。清晰又朦胧

我们之间
相隔一面青砖墙。需要叩响
时光的门环
邀请雨，轻烟般，走过小巷

有些细节，滴答在黛瓦上
你听，湿漉漉的

古琴声，幽幽地
飘进小轩窗。一支羊毫
还在龙飞凤舞

致古筝

轻轻一拨，一阕词
便从舞台上溢出
她在古色古香里起身，谢幕

山水越发辽阔
夕阳下，响起渔歌
我，走入了
一阵风，一场久远的梦

多年以后，我们相逢在
天尽头
目光纯粹地
看着面前一轮红日，默然不语

昨天

毛虫的身体里，藏着一片
温柔的斑斓

风起
一只蝴蝶被惊醒。阳光迎过来
带着她飞到泉边

水里的影子，羞涩地拨弄着涟漪
时光如镜
将一圈幸事捞起

路过雨儿胡同

安谧，瘦长。预定
一件紫旗袍，放在时间的当口
着一双绣花鞋，轻灵地来

旧时的风，借助微光
躲进琉璃瓦里张望。喊一声雨儿
青砖灰墙，就有回应

缘，叩响门环。清脆的声音
顺着藤蔓爬进厢房
格子窗台，一朵花在翘望远方

怀想

就像一本缎面日记
珍藏于抽屉，闲暇时翻出来
香气会漫过指尖。扉页，驾驭着厚度

一些人和事，顺着页码
在风花雪月里穿行，年华似水淌过
激起一阵又一阵涟漪

春夏秋冬的陈诉，终抵不过
岁月的渐行渐远，只余下一枚书签
泛着星星点点的光，像时神倏忽
守护着光阴

信物

躺在抽屉里，深藏不露
使命必达后，迎来一场柴米油盐的修行

即便两鬓斑白，眼睑下垂
眉目，也自带容光。一枚玉
在暗处，仍晶莹剔透

又一次，我和锦盒
四目相对
打开它，如同打开月光宝盒

衣架上的阳光

唤醒水滴，依托绳
为天空作画。有鸟飞过
羽翼，扑扇

朝南，能预见，一件衣服的未来
以伸展的姿态，持续
保持，灿烂的笑容

风起时，紧紧拥抱纽扣
时而思考，时而和影子对话
把语言擦亮，向大地坦露心迹

任凭湿漉漉的往事，蒸发
升腾。晾晒的人
从容地，用衣架撑起一片天

两地书

"一些心动的词"
隔着一张纸,彼此的呼吸
听得见

浓烈的部分,折叠起来
放于枕下
夜深了
月色温柔,梦乡甜软

院外的海棠花
一朵朵,在微风中
盛开了

寻觅

轻轻地踏过。那铺满金黄的梦
在风中，勾勒着过往

她拾起一片，端详着脉络
千言万语
化作一声叹息

朝霞如织。一只鸟
时而低飞盘旋，时而振翅高飞

她迎合着，它的鸣叫声
再次踏上征途

江南渐远

拱桥，在一场纯粹的雨里淹没
影子离开了庭院

门上的锁，锈迹斑斑。屋檐
凌乱地挂着一些旧事

剪下记忆
一些碎片在指尖滑落

江南已成为一个词语
单调得发冷，一纸书笺
下落不明

越过文字，解体一种书面形式
望着沉默的天空，她
泪流满面

护城河

岁月已深藏。拒绝微澜
有一些石头，滑过身躯
向时光靠近

古老沿着边缘突围
水，告别线索
顺流而下

很多的旁白，拖着长长的影子
依傍着柳树。月很白
光很轻，重重地落在河上
一种追随穿透而来

每朵云都下落不明

野鸭午休了
湖面寂静而阳光明媚

路上，一群奔跑的人
正急切地
隐入一群骏马

此刻，急需一场雨
使顽皮的猴子，从夏天窜出
使白羊
占领溪水与天空

我停下脚步，放走所有动物
只剩野鸭，在芦苇丛中酣睡

黄昏惹

比画着影子，做一件霓裳
或腾空画一双翅膀
让身姿抵达极限，打动晚霞

将年龄放牧于云端。青春的草原
驰骋在心上
一马平川

我们之间，需要更多的事物
去容纳，去拔节

借夕阳
立下一段誓言
"执笔之手，与诗偕老"

快镜头

用发丝，记录意识的存在。从黑
到白，渐变中，一个弧度的飞跃

就像几何体，迷惑双眼
那些不能左右的目光，有主视
也有俯视

我想极力挽留，影子
像风一样，掠过屏幕

勇敢是一把钥匙

跟着风
左肩扛着明月，右肩压着山水
沉稳地走着

时光深处，回望
有一扇门，紧闭。摸摸厚重的墙
怯怯地蹲在角落

而今，久违的窗前
细雨适时
涟漪轻泛成，一朵花

听雨

雨帘很密，锁住了整条巷子
风，忍不住去掀开

她的心思越发倾斜。尝试着
高跟鞋一次又一次
和青石板和解

"噔噔"声却还是盖住了雨声
最后，她索性
寻一处屋檐，驻足

有两滴水珠
自耳际流下，沁凉入骨

沙粒醒着

轻摇黄昏，看长江涨潮
被一幅画面深深打动

它，匍匐在沙滩上
任凭浪花，拍打来拍打去
稳如磐石

是沙子给足了时光勇气
我们抱成团，一起抵御潮水来袭

夕阳下，沙子摩挲着脚丫
凉凉的、软软的
暑意顿消

青花瓷

屏住呼吸，让目光深入
透进瓷底

藏起小心思
稳住。请出江南烟雨
在记忆的渡口，持续地飘

青花，打开了一扇窗
无数的蝶，扑腾着蓝翅膀
落在岁月的肩头

胡同

青砖灰瓦。月光如羽毛
抚摸过门前的石狮，又拂上四合院的门环
斜上妆台时
一只慵懒的猫睡着了

影影绰绰，有女子在描眉，上妆
一声软语
"我来了"
西厢房的门，被轻轻推动

吱呀！格子窗开了
一株才开的海棠探出头，羞红了
胡同的夜色

吹了千年的风和照了千年的月，牵着手
走向胡同口

我的阿勒泰

伸出五指
去触摸喀纳斯湖，刹那间
心，寂静成海

这湛蓝，偏爱一群奔跑的影子
分不清是白云还是骏马，只为撞见
草地的肥美

趁激情还在，放开固化的身段
打个滚儿吧！或许
你会被蒙古包的主人
扶起

她们母女，相视而笑的模样
跨越山河
点醒无数失措的灵魂

会思考的鹅卵石

自从安身这条小径，它们就开始
和步履打交道

而月色如水般流逝着
那些行走的日子，让它们越来越光滑

有时，它们会回想起
有棱有角的时光
一位少年，赤脚踩过
留下一串笑声

穿越时间的风

一把旧折扇，打开
就成了说书先生

惊堂木一拍，十八般人物
不请自来。唇上嚅动的不止浮名
更是光阴
沧海成桑田

撩起长衫，在故事里握紧流沙
不用细筛，端起茶杯
晃一晃，便是金色四起

流浪

夕阳落下
云层的色彩，仿佛拘于一种念想

迷途的人，隐藏在逐渐模糊的
波光里

一阵风吹过来
它说"故乡"
渡口边
大榆树的叶子纷纷飘落
而远处的渔火，也一点点
消失了

细节

一只蜻蜓
俏立于领口，欲飞未飞

那女子，细柳摇曳
撑一把油纸伞。从烟雨中
浮出

一阕词。高跟鞋轻轻地
轻轻地
沿古旧小巷
前前后后
切入玲珑的时光

一声故乡

园子里的石斛兰，裹紧称呼
目光陷了进去

有脚步声传来
叩响老屋，那古铜色的门环

"囡囡"
父亲推开门，唤我
月影朦胧，身后的大榆树
在夜色中
模糊了

孤独落满世俗的尘

一张网，从天花板撒下来
捕捉到几只羊

他无法阻止。任由身体里的疲惫
一点一点地，把思维
掏空

这间出租屋，除了蜷缩着羊
也是他造梦的地方

这不，梦里
他骑着外卖车，回到了
朝思暮想的家乡

路口

一个路口

一朵小黄花

仿佛，你不经意地，闯入视线

而一刹那，风起

我看见

一滴露珠

正沿着翠绿的叶脉

滴落在

干涸的土地上，一缕刚走来的晨曦

忽地

颤了颤

墨·瞳

一场雨
一双绣花鞋
一位女子，款款前行

静夜，一只蝴蝶于微光中
探首
而风声纷至沓来

那推开小轩窗的人
正静待墙角，一株缓缓绽放的荼蘼

红豆生南国

明月高悬
红豆花的歌声，从山坡淌下
一路，唱至北国

她在窗前，羞涩地
应和着

一行鸿雁，飞进茫茫夜色
那漫山遍野的果实
挂着女子两颊的红，身体的温
夺目又含蓄

锁住旧时光

有人被江南，遗忘
有人在沉寂中
用爱的宣言，固守着一把锁

风里雨里，那对穿过林间小道的老夫妻
此时，一起轻摇着旧躺椅
——时光

承载着锈迹斑斑，在春天
扬起绿意

脚手架

鸟瞰这座城市，即使站在制高点
他也没有一丝的归属感

他并不茫然。日复一日地攀爬
手执泥瓦刀，结结实实地
黏合上全家的期望
才是他唯一庆幸的事

他用心地维系着这高度。避过一次
又一次的电闪雷鸣
在钢铁的藤蔓上，喜见
一座座大厦的生长

不如见一面

河流湍急。风
摸着船体的水痕，隐隐的不安

故事一南一北发生着
骨子里的小情绪，在胸腔震荡
一波接一波

就像钟摆留不住春天，一个转身已是夏

那一瞬，他们幡然醒悟
是时候，给彼此
搭一座桥了

落差

石缝的记忆
每滴水珠，在潮湿中裹紧的自己

坠石后，满是疼痛的，狂喊着的
无奈的
那一刻，无数个我
缩进青苔里

我看见，那万花筒般的地底小世界
一些种子在发芽
冒出

养在指尖的光

保持着对太阳的执念
在柴米油盐中，一次又一次
平和转身

无畏大暑，在旷野中放空思绪
和小提琴
来一场清凉的对话。颤音共振

日子匆忙。她握紧
抑或打开
始终，有一片红霞，映照她脸庞

伴她翩翩起舞，轻抚她的
每一条经络

包裹

"又是一年"
此时的江水呜咽着
不停地
拍打岸边的岩石

此时的月儿如烟纱般
将即将飞散的一只鸟儿
和另一只鸟儿
揽入了怀中
紧紧地

旷野，或轨道

从大厦叠影逃离。越过常规
背起行囊出发

以蝶变之姿态
听鸟鸣，敲响黎明的门。唤醒石头
卸下体内的重负，在豁达里安居

与万物共情
环抱余晖，和天空来一场
知与行的对话

草丛润湿了月光。她转身
背后一群萤火虫
照亮了归途

破碎的镜子

倒影斑驳。他和她站了好久
久到无法释怀。恶语像一把利刃
无情地划下一道道伤痕

湖水却波澜不惊。两只鸭子
着急这人间事，嘎嘎大叫
叫声惊醒了风

风果断地拽着云，窜出镜子
一阵清脆的响声
打破了僵局

他脱下外套，披在她身上
一场雨，瞬间浇灭了
心头的火

天青色

温润的茶盏里，一叶一芽
游曳着。古老的梦
在升腾

风微微拂动，汝窑的花
一朵一朵地
绽放了

那女子采上一束，插在青瓷瓶里
阳光透过窗户，轻轻地
落在
她的指尖上

当时光已逝

秋风来时
无视旁枝末节。直抵这座城市
肃杀之气，锐不可当

一群蝴蝶，急急地爬出院墙
其中一只
不小心，陷入蜘蛛网

它没有挣扎，支撑着叶脉
月光
小溪一样，流淌在它的经络里

一把没有打开的伞

细雨中
它，收拢小心思
倚在若水堂的墙上，等待

一个有缘人
一些细碎的星光

她缓步而来，低声细语地问起
却无人应答
唯有檐头上的雨，滴答着
一声低过一声

只若初见

腊肠，甜糯扯白糖……舌尖上的
安昌古镇
都在青花瓷的圆盘中

一个女子
沿着青石板长长的记忆
坐到了我对面

她一颦一笑
仍如当年

峰顶观日出

晨曦划破长夜的沉默
一轮红日
跃出地平线，落在我的掌心

周围的草木前呼后拥。那一刻
我感觉自己是
一个女王
手里捧着一盏明灯

金光泻了一地。万物
明晃晃地闪亮起来

高原格桑花

裙摆裹着一道光，点亮了
西行的诗行。十里香风
一个轻描淡写
就笔底生花

会丝滑。马头琴弦上旋起两朵花
蓝紫音符，蝶一样
月色里双飞

他托着她的手，单膝跪下
大声宣告——
你是我的格桑花

还有一朵，在她无名指上
璀璨夺目

富春山居图

一支笔引领一条江,纵横两岸
我们用疼痛
膜拜

群山挺直着背。昂起
坚硬的石头
存续一代又一代

秋风丈量着另一半。目光跨过山头
立于
和弦之上

在夜色中

有人将哭声藏入壁纸
有人
将耳朵取出

我看见，一个五音不全之人
在夜色中
茫然失措

而某个瞬间
另一在汗水中返回的人
用微弱的声音说"是星星呀"

山居

想吃棉花糖的时候
顺手扯一朵。甜，即刻
腻到心里

不用铺垫，就能流利地跟上
泉音的节奏
耳朵里四季分明，有一把古琴
铮铮有声

雾是最好的玩伴，她时常
和它捉迷藏。跑着
跑着，就成了
蝴蝶仙子

带刺的玫瑰

她不停地搅拌着咖啡
并反复告诉自己，他只是去了远方

事实，在一个又一个旋涡中
开成了
血红的玫瑰

她端起这入骨的痛，一饮而尽

阳光挤进玻璃，无数的光粒子
扑了过来，像一根根新刺
在她身上附体

她昂起头，快步
走出咖啡厅

往事并不如烟

我不是偶然路过
转角处，梧桐树冠盖如绿梦
一只猫慵懒地趴在巷口

阳光照着小城
苏醒的不止草木，还有热泪
不敢对视，怕揭开这十年的疮疤

抬头望天空
云朵舒卷，我闭目聆听
伤口于骨节处噼噼啪啪地脆响

侠女十三妹

一面镜子
照见：红颜、英雄……清晰可见
女子，从旧书里走出

目光锁住远方的
一盏灯
深院落下两三片不甘的枯叶

蓦地，一把剑
穿花而去
几片羽毛落入月色，轻轻的，轻轻的
无迹可循

罂粟

呼吸，越来越轻
是现实还是幻觉？
剑一样的花朵开满山谷
每一片泥土都沾着血

听——
教堂的砝码，在黑幕下倾斜
一些声音，蓦地响起

不是失常
是骨头在欲望里裂变，与被捕获的平衡

唯有阳光能唤醒梦魇
少女从沼泽而来，风掸了掸她裙子上
沾着的，淤泥

转身走入

一片自由的天空

乡愁

他们笑迎晨曦。站在脚手架上
把一缕光拽在手里,此刻
内心敞亮无比

白天屈服于生计,夜晚隐忍寂寞
习惯了半杯的麻木,外加
半杯的长叹

淡淡地,一弯月拂过山川、河谷
落入了
他们的酒杯

邮筒

细雨中。暮色为它涂抹另一层墨绿
伫立在转角处
像忠诚的卫士，守护我们的慢时光

那些灰尘，散落空中，和阳光恒久对峙
有时抱成一团
在路灯下，轻舞飞扬

清风赐予它绿色的曲笔
写一封封思念的信笺。夜深时
让窗前明月
贴上故乡的邮戳

旧时的歌

像细雨
落于我的额头。在皱纹里
不停地跳跃。眉目摇摆
每一根发，在颤音里闪着光

明亮如昨日。故乡的天空
五线谱上的鸟儿，是天生的琴师
我的心被这些音符占领

气息纯粹，越来越多的旋律
柔软下来。时光如飞鸟
在一首歌里，归巢

第五辑／童年流光

骑竹马

借一根竹子探路，向童年追去
叫喊
应答，溢出夏夜的屋檐

彼时，一弯明月照下
两道清澈的眼神，轻轻接住了

彼时，我再次站在时光中
任由童年的那匹马
越过遥遥路途，在泪光里
翻滚着

推铁环

是你教会我，还是我教会你
无从定义。直到
记忆染白了头

旧铁环
像轮子一样，越滚越远
把我们抛在身后

无数个夜，铁环倒映在童年里
你在圆内，我在圆外
在你眼里，我看到了自己

放风筝

草长莺飞正当时
风筝，就从童年流光里
飞起来

湛蓝的天空
有几只鸟儿突破尘世的羁绊和束缚
向远处掠去

我们回望着
我们，相视一笑
并发足
跑入风中

踢毽子

精灵，跳起来。像一朵鸡毛花
悦动着目光

和天空对视片刻
一个优雅反转。以最稳健的姿态
得体地
落在风口

这些年，她
脚踏乾坤，固守着自己的边界
笑看一朵花
上下纷飞

翻花绳

即便穿着黄马甲
她贴胸的口袋中，也仍然放着
一件"花马甲"

闲暇时，她常常左一钩
右一钩，在城市的角落里
隐蔽地
编织

太阳，破晓而出。一束光
掠过儿时的田野
轻轻地
洒在她的脸上

跳房子

静立在一所大房子面前
无须钥匙
我跳了进去

从第一间，跳到第九间
体内多年瘀堵的经络
渐渐疏通

晨曦，柔光轻抚面颊
我揉了揉眼睛，慢慢把自己
归还给自己

丢手绢

一条手绢
一件幸福的事
一道光

它冲击着，我混浊的日子
引领我，奔跑起来

我轻轻地，轻轻地
把手绢
放在外孙身后
然后，跑起来

跳皮筋

多年后，面对一首童谣的震撼
不亚于蘑菇云。我们遥望
罗布泊上空
唱着"马兰开花二十一"

一种骄傲，清晰明朗。多想
系着红领巾
再跳一次皮筋

任马尾辫摇摆
让秘密大白于天下
十级"大举"时，我们一起高举右手
向遥远的戈壁敬礼

丢沙包

我的小欢喜。被母亲
一针一线
缝制得密不透风

这些充当填充物的颗粒
在指间飞来飞去，沙沙地响
声音是蔚蓝的

它们不知道，那一夜
为了安抚我，一把黄豆
在母亲手中，掂量
许久

打弹珠

和物理学有关。在碰撞的地带
一次又一次掀起热潮

岁月至简，一抹晶莹剔透的微笑
弹出去
回应你的——
一半是清脆，一半是掷地有声

侧耳聆听，不说遥远
让你的心
我的心
再小小碰撞一次

跳绳

燕子衔来一根绳，被她
紧紧地拽住

日子不再凌乱。只要双手甩起来
她感觉
有一股力量会蔓延全身。耳朵里
有风
吹过小院的声音

外婆正掰着手指数数。枣树下
她扎着蝴蝶结的羊角辫
一上一下，纷飞
如蝶

后记

初冬的细雨，敲打着窗棂，一如指间的温柔。我轻轻合上手中的诗集初稿，闭上眼睛，深深地吸了一口气。心中泛起微澜，是愉悦也是欣慰。

诗歌于我，是一面镜子，映照出另一个我的心路历程。透过镜像，一场花瓣雨轻旋而落，携着春的呢喃、夏的热烈，在诗意的天空交织飞扬。伴随着那些寻常，最动人的画面，有幸归于墨香，凝成一本《雨落长廊外》。

雨落长廊外，是这十年的低语，声声入耳，它诉说着日子的不易。特别是近三年，白天带外孙，夜晚打理诗社，在空隙里寻香。每一片花瓣，都承载着一个梦。梦里有诗，有远方，还有岁月清澈的眼。同时，我庆幸，诗社有一群来自天南地北的诗友，大家一起写诗，一起成长。感恩遇见，花雨诗苑，诗意正浓，情谊更浓。

花瓣雨，轻拂我的面颊，让我在这喧嚣的世界里觅得一片宁静。也让我懂得，生命之美，在于笔耕不辍。

雨落长廊外，花妍润雨寻。
诗心香粉瓣，情愫水弦吟。

恰逢生日，也算给自己呈上一份心仪的礼物。

我独立于廊下，思绪随雨飘远。每一滴，都是诗行润心田。

2024年11月14日